¡OH, CUÁN LEJOS LLEGARÁS!

¡Oh, cuán lejos llegarás!

Dr. Seuss

Traducido por
Aída E. Marcuse

LECTORUM
PUBLICATIONS, INC.
111 EIGHTH AVE., NEW YORK, NY 10011-5201

Así que . . .
te llames Juan o Pedro o Rosalía
o Mordejai, Alí del Campo o María,
¡te marchas a ver el mundo!
¡Hoy es tu día!
¡Tu montaña te espera y te desafía!
¡Sal ya . . . en este mismo segundo!

¡Enhorabuena!
¡Hoy es tu día!
¡Emprende el camino
hacia tu destino!

Con cerebro en la cabeza
y dos pies en los zapatos,
puedes descubrir el mundo
donde quieras, de inmediato.
Tú sabes lo que sabes. Emprende el camino.
TÚ sólo elegirás tu destino.

Y cuando estés solo, cabe la posibilidad
de que encuentres cosas que te harán temblar.
Algunas, incluso, con seguridad
te darán tanto miedo que no querrás continuar.

Pero adelante irás,
aunque haga mal tiempo.
Adelante irás
pese a enemigos y contratiempos.
Adelante irás
aunque aúllen los AULLE-MPOS.
Avanzarás asimismo
por pavorosos abismos
aunque los brazos te duelan
y el agua se te cuele por las suelas.

¿Lograrás triunfar?
¡Sí, tienes el éxito asegurado!
(98 y tres cuartos por ciento garantizado).

¡TÚ MOVERÁS MONTAÑAS!

Alguna vez, sin embargo,
también te confundirás,
y tal vez te cruzarás
con pájaros muy extraños.
Así que, para que no te hagas daño,
anda con tiento, ten mucho cuidado
y recuerda que la vida, por agregado,
es un Acto de Equilibrio Constante.
No olvides ser ágil y perseverante
y el pie izquierdo y el derecho
no confundas a cada trecho.

Y adelante seguirás,
lo sé con seguridad,
pues los problemas enfrentarás
con valor y tenacidad.

Mira bien las calles. Pon mucha atención.
"No iré por ésta", dirás en alguna ocasión.
Con cerebro en la cabeza y en los zapatos tus pies,
tú sabrás no tomar una calle al revés.

Y puede que no haya *ninguna*
por la que te guste ir.
En tal caso, *sin duda alguna,*
de allí pronto has de salir.

¡Todo es maravilloso
donde el aire es más airoso!

Allá afuera pasan cosas,
y con frecuencia le ocurren,
a personas cerebrosas
y, como tú, zapatosas.

Y cuando empiecen a pasarte cosas,
no te preocupes ni sientas afán.
Sigue tu curso, ve a donde vas,
y tu meta alcanzarás,
sin mirar nunca hacia atrás

¡OH, CUÁN LEJOS LLEGARÁS!

¡A qué alturas subirás!
¡Qué vistas contemplarás!
Llegarás hasta las cumbres
con toda certidumbre.

No te quedarás atrás, pues tienes agilidad
y a todos los pasarás a gran velocidad.
Mejor que los mejores serás por donde vueles.
Mejor que los mejores serás por donde fueres.

Pero no siempre lo harás,
porque a veces no podrás.

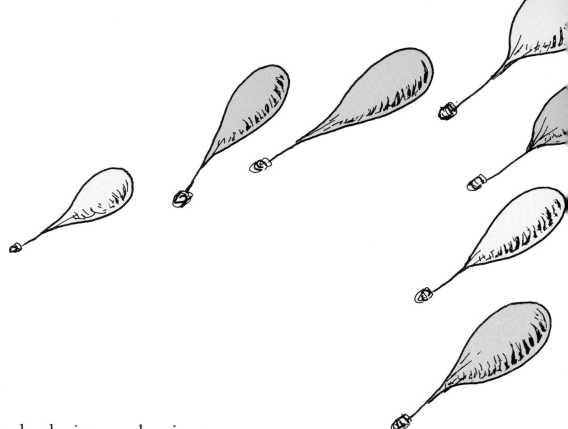

He de decirte, y lo siento,
pero es por tu bien,
que golpes cien,
caídas y tropezones
podrás sufrir también.

Puedes quedarte colgado
en un árbol espinado
mientras siguen los demás
camino muy apurados.

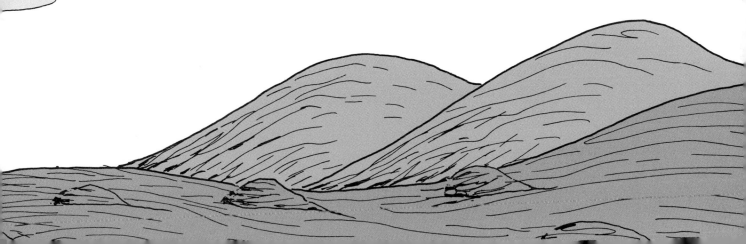

Bajarás de las alturas
con un feo magullón,
y es posible que te sientas
por los suelos, con razón.

Cuando se está así, abatido,
no hay ninguna diversión,
y sobreponerse, es sabido,
cuesta mucha decisión.

Llegarás a un lugar sin las calles señaladas.
Unas ventanas verás apagadas y otras iluminadas.
Puedes torcerte el codo o el dedo pulgar.
¿Te quedarás afuera o te animarás a entrar?
¿Qué puedes perder? ¿Qué puedes ganar?

Y, *SI* entras, ¿a la izquierda o a la derecha querrás ir?
¿O a la derecha-y-tres-cuartos? ¿O quizá un poco más?
No es nada simple, me temo que ya verás,
para un Decididor-Decidido decidirse a decidir.

Estarás tan confundido
que correrás desbocado,
a través de laberintos
y caminos enredados,
en dirección, me temo, a un lugar desolado
El lugar de esperar. . .

. . . para los que están esperando.
Esperando que un tren se vaya,
o el autobús llegue, o un avión se vaya,
o el correo llegue, o la lluvia se vaya,
o el teléfono suene, o la nieve nieve,
o que el pelo les crezca en breve,
o esperando un Sí, o un No.
Todos están esperando.

Esperando que un pez muerda el anzuelo,
o que haya viento y la cometa remonte el vuelo,
o esperando a que llegue el viernes por la noche,
o que hierva la cafetera, o ir al cine en coche,
o una peluca rizada, o quizás al tío Simón,
o un collar de perlas, o un pantalón,
o tener *mejor suerte*, o una *buena ocasión*.
Todos están esperando.

¡No!
¡Eso no es para ti!

De algún modo escaparás
de ese continuo esperar.
Llegarás a lugares fascinantes
donde las Bandas Bandantes
tocan melodías deslumbrantes.

¡Con banderas ondulantes,
seguirás rumbo adelante!
Listo para lo que se presente,
¡pues tú eres de esa clase de gente!

¡Oh, cuán lejos llegarás! ¡Y cuánto te divertirás!
Con la pelota harás cosas grandiosas que te convertirán
en un ganador-ganadorzón. ¡Sin duda, en un gran campeón!
¡Serás famoso! ¡Serás más famoso que nadie, sin excepción!
Y todo el mundo te verá ganar por televisión.

Salvo cuando no lo harán,
porque a veces no podrán.

Me temo que *algunas* veces
jugarás muy solitario
a juegos que perderás
por ser tu propio adversario.

¡Te sentirás tan solo!
que te guste o no te guste
estar solo será tu suerte
por mucho que te asuste.